AF332271

A MONSIEVR,
MONSIEVR
DV PILE.
Chandelle.

M. DC. XLVI.

Ores pour reprendre ma file
Puisque' ainsi est, ô mon grand PILE,
Que par vn sinistre accident
Non la qualité d'Intendant,
Mais vne moindre m'est rauie
Sur qui j'auois fondé ma vie,
Accepte en ce present deuoir
L'effort de mon petit pouuoir,
Et comme il n'est pas chose grande
Ne consideres point l'offrande,
Mais la syncere affection
De ma pieuse oblation.
Aussi ne crains pas, diuin PILE,
Que d'vne requeste inciuile
Ie persecute tes autelz,
Mes sentimens ne sont pas telz
Que par vne folle esperance;
Ilz veillent tenter ta puissance;
Non, non, je ne demande pas
Qu'vne Veufue pleine d'appas,
Digne & legitime heritiere
D'vne vertu tres singuliere,
Par vn genereux attentat,
Mesprise le plus haut Estat

Des cordons bleus, & de l'hermine
Pour espouser ma bonne mine,
Non quand mesme par deux endroits
Directement je descendrois
Des plus anciens Heros de France,
Ma trop chetiue suffisance
N'esleueroit là le projet
D'vn miserable & gueux cadet;
Moins encores je te demande
Pour le succez de mon offrande
Que Duchesse, dont les parens
Tenoient jadis souuerains rans,
(Et qui pourtant n'est souueraine
Que des cœurs que son œil enchaine,)
Par vn fatal abbaissement
Me choisisse pour son amant.
Dieu garde les vœux de mon ame
De brusler de si haute flame,
Quand je serois moins pied descot,
Et que j'aurois comme Chabot
Mine a picquer cette pucelle,
Iamais vne arrogance telle,
Iamais telle presomption
Ne feroit mon ambition.

La

La requeste que je viens faire
Dans ton auguste sanctuaire
Est d'vn projet moins important
Que ceux dont j'ay parlé, partant
Souuerain demon d'Hymenée
Qui maistrise la destinée
Par ton ingenieux effort,
Des vieux garçons le reconfort,
Comme l'espoir de la pucelle,
Des obstacles le vray Briguelle;
Enfin des affaires d'honneur
L'inimitable promoteur:
Iette les yeux sur la misere
D'vn pauure enfant de pere & mere,
Ie dis pauure, car tu sçais bien
Que l'vn & l'autre ont peu de bien;
Bien est vray que de leurs ancestres
Plus vieux que chasteau de Bicestres,
Ils nous confessent qu'ils ont eu
En partage de la vertu,
Et que de ce mesme heritage
Ils nous lairront tres-beau partage:
Mais (n'en desplaise à parenté)
Conuient meilleure heredité

B

A gens, qui ont toujours à table
Vn appetit infatigable ;
Partant je demande humblement
Non Tonfure, mais Sacrement
De Mariage, & que tu veilles
Soit par tes foins, foit par tes veilles,
Me preferuer de certain mal
Qu'on ne penfe qu'a l'hopital,
Me procurant quelque pucelle,
Quand pucelle ne feroit elle,
Ou feroit refte de cocu,
Pourueu qu'elle ayt beau quart-d'efcu ;
Qu'elle foit fille, ou en veufuage ;
Qu'elle foit vieille, ou en bas aage ;
Qu'elle foit droite, ou de trauers ;
Que tout fon cas foit à l'enuers ;
Qu'elle ayt la naturelle andoffe
D'vne pefante, & malle-boffe
Qui foubs le poids de fon fardeau
Faffe en tout temps fuër fa peau ;
Qu'elle boite ou bien qu'elle panche
Toujours fur l'vne ou l'autre hanche ;
Que foubs des fourcils efcaillez
Elle ayt des yeux tout erraillez ;

Qu'elle soit louche, aueugle, ou borgne,
Ou qu'en regardant elle lorgne ;
Que son œil soit d'esquierre, ou ron,
Qu'il soit de bœuf, porc, ou veron ;
Qu'il ayt au fonds de la prunelle
Ou taye, ou maille, ou drogue telle ;
Qu'il jette par tout de l'esclat
Plus que la pourpre d'vn Prelat,
Et qu'au deffaut de chaque oüale
Elle ayt fistule lacrymale ;
Bien que ses yeux soient clairs & nets
Qu'elle voye pourtant de pres ;
Qu'il en suinte des marcs de cire,
Ou quelque autre matiere pire ;
Qu'auec cette incommodité
Luy sorte vne louppe à costé,
Qui sans coiffe, n'y ligature
Regne jusques à la çeinture ;
Qu'elle ayt le nez en choux-cabus,
Ou l'ayt ainsi que moy camus ;
Qu'elle l'ayt en pied de marmite ;
Qu'il soit rongé de Cancre, ou Mite ;
Qu'il soit tenné, ou cramoisy ;
Qu'il soit punais, ou tout chansy ;

B ij

Que du bout comme d'vne souche
Luy pendent jusques sur la bouche
Cinq ou six petits rejettons ;
Que porreaux, tennes, & boutons
Regnent dessus en telle sorte,
Que ce nez à figure torte
En ces chifres si bien tournez
Semble plus vn melon qu'vn nez ;
Qu'elle ayt la gueule plus fenduë
Que la queuë d'vne Moluë ;
Pour embaumer ses doux attraits
Que sa bouche sente retraits ;
Que son dentier desmonte à vice,
Ou que gensiue en fasse office :
Bref qu'elle n'ayt ongle, ne dent,
Mais le teint jaune, & poil ardent ;
Que comme ce beau poil en onde
Tire à l'astre qui luit au monde,
Pied de graisse d'illec issant
Le rende aussy resplendissant ;
Que verolle dessus sa face
(Au teint vny comme vne glace)
Ayt laissé les sanglants effets
De ces ineuitables traits ;

Ou que le feu (qui tout rauage)
Ayt confondu tout son visage ;
Que son menton soit plus pointu
Qu'vne hallebarde, ou qu'vn festu ;
Que sa leure (sans hyperbole)
Semble en tout temps vne risole ;
Qu'elle soit l'esgoust des nazeaux ;
Qu'elle hume roupie & morueaux ;
Qu'elle soit pelée, ou veluë ;
Qu'elle ayt le col comme vne gruë ;
Qu'elle ayt le sein plus plat qu'vn sol ;
Qu'elle ayt les bras en harran-sol ;
Que son gousset pousse vne haleine
Qui donne la fieure quartaine ;
Que ses jambes semblent fuseaux ;
Que pieds à quinze points loyaux
Iettent vn baume qui ne treuue
Iamais de nez à son espreuue ;
Qu'elle soit ladre, ou en tout cas
Qu'on la pince & ne sente pas ;
Qu'elle ayt (compagnon d'escroüelles)
Mal de naples dans les moüelles ;
Qu'elle ayt des vlceres, & loups ;
Qu'elle ayt des froncles, & des clous ;

B iij

Qu'elle ayt des cors, ou des creuaſſes ;
Qu'elle ayt les tetons en calbaſſes ;
Que ſon crachat ne ſoit que pus ;
Que ſes os ne ſoient que calus ;
Que pour ayder à ſa nature
(Qui n'engendre que pourriture)
Il luy faille en certain canton
Vne canule, ou vn cœton ;
Que la rogne, la tigne, ou galle
Luy ronge l'humeur radicale ;
Que la deſpouille d'vn pendu
Couure cautere en chef tondu ;
Qu'embrazé ſoit ſon beau viſage
Par maint endroict de feu volage ;
Et d'autre part ſoit blaſonné
D'vn appetit deſordonné
De quelque gros morçeau d'andouille ;
De quelque raue, ou de citrouille ;
Que ſon minois ayt en tout cas
Taches de roux, bran de Iudas,
Et ſoit ſa peau plus bazanée
Que ramoneur de Cheminée ;
Qu'elle ayt vne incurable toux ;
Qu'elle ſoit martyre de poux ;

De poux, de puce, ou de punaise ;
Qu'elle ayt enfin tout le malaise
Que les cinges, ours, chats, & chiens
Endurent des quatre mendiens :
Qu'elle ayt la pierre, ou la grauelle ;
Que tous les jours soient mois chez elle ;
Qu'elle ayt le tic, ou que souuent
Il luy faille reprendre vent ;
Que vent aussi souuent soit cause
Qu'elle lasche certaine chose
Que l'œil subtil ne voit jamais
Mais que nez prend s'il n'est punais ;
Que mal de cœur souuent la presse,
Conuulsion, ou bien foiblesse ;
Que son estomach morfondu
Luy rende le morçeau tout cru ;
Ou bien pour luy frayer passage
Qu'elle ayt vne syringue à gage ;
Qu'elle soit sobre à prendre vin,
Ou s'en prenne dez le matin ;
Qu'elle ayt auec la fin canine
Peine extreme à tenir vrine ;
Qu'elle soit reduite à jamais
A la pannade pour tout mets ;

Que pour se faire un peu de graisse
Elle ayt recours au lait d'Anesse ;
Ou d'un autre animal cornu,
Pour quelque mal plus inconnu ;
Qu'elle tombe du mal qu'a Rome
Vulgairement haut-mal on nomme ;
Qu'elle souffre plus qu'un demon
Celuy de ratte, ou de poulmon ;
Pasles couleurs, ou la jaunisse,
Le mal de mere, ou de matrice ;
Qu'elle ayt souuent dans son jardin
Des fleurs plus blanches que Iasmin ;
Ou que soient (sans methamorphoses)
Gratte-culz, ses plus belles roses ;
Qu'on ne puisse estancher le sang
Qui par un trou sort de son flanc ;
Qu'elle ayt hargne, qu'elle ayt bandage ;
Qu'elle ayt landes dans son riuage ;
Qu'elle peche d'un tour de rhein ;
Que sa ceruelle en ayt un grain ;
Qu'elle soit sourde, & muette née ;
Qu'elle ayt la langue mal tournée ;
Qu'elle begaye ou parle gras ;
Qu'elle ayt le front ou haut, ou bas ;

Que

Que son cerueau souuent promeine
Le vertigot, ou la migreine ;
Qu'il luy faille vn filet aux dents
Pour euiter les accidens
De sa teste, en ce singuliere
Qu'elle chet toujours en arriere ;
Qu'elle ayt pied-bot, ou pieds-forchus ;
Mains postiches, ou doigts crochus ;
Qu'elle soit sus ou sous la cotte
De quelque autre piece manchote ;
Qu'on luy voye bransler sans fin
La teste, les yeux, ou la main ;
Que dez le ventre de sa mere
Cette mignonne soit gauchere ;
Que le flegme, ou bile en tout temps
Domine absolument ses sens ;
C'est à dire que de la chose
Dont toute chose se compose
Elle ayt dans son temperamment
Plus du chaud ou froid élement ;
Qu'elle soit brehegne, ou feconde
A mettre des Chrestiens au monde ;
Qu'elle soit naturellement
Innocente, & sans jugement ;

C

Qu'elle ayt auec peu de memoire
L'eſprit malin, & l'humeur noire ;
Que ſon eſtre ſoit incertain
Plus que de fille de putain ;
Qu'elle ſoit plus qu'vn chien cagneuſe,
Et plus que cent Diables hargneuſe ;
Qu'au lieu de jambes & de pieds
Ses pauures membres eſtropiez
Traiſnent par tout vn cul-de-jatte,
Ou potences à triple patte ;
Qu'elle ayt le corps ou court, ou long,
Plat, ou enflé comme vn balon ;
Qu'elle ſoit graſſe, ou ſoit étique,
Fort alleigre, ou paralitique ;
Que pour mieux eſleuer ſon corps
Elle ayt des patins à reſſors ;
Et qu'outre ſa taille petite
La belle ſoit Hermafrodite,
Ou que plus grande que geans
Elle eſtonne beſtes & gens :
Bref qu'elle ayt (monſtre en ſa nature)
Barbe qui vienne à la çeinture,
Ou pour dernier coup de pinçeau
Qu'elle ayt le groüin comme vn pourçeau,

Et mille fois encore pire,
Si chose pire se peut dire ;
Ne me chaudra de tels deffauts
Pourueu que quarts ne soient point faux,
Et que la rente, ou metairie
Puisse parer ma gueuserie.

O ! que si je voyois l'amen
D'vn opulent & riche hymen,
Femme fust-elle, ou Diable, ou Ange,
Combien je chanterois loüange,
Loüange à ce diuin mortel
Qui m'auroit fait office tel :
O ! c'est ce coup, illustre PILE,
Que les carrefours de la ville,
Mais que dis-je, de l'vniuers
Ne feroient bruit que des beaux vers
Que ma muse pour lors feconde
En ta faueur mettroit au monde ;
Ie dirois ; non, je brize là,
Car j'entends que tu dis, hola,
Ie ne suis pas vn mercenaire,
Ie fais plaisir, & sans salaire.
Mon cher PILE, je le sçais bien ;
Mais sçaches qu'on ne donne rien,

C ij

Quand la plus haute recompenſe
N'eſt pas meſme reconnoiſſance ;
Auſſy je ne pretends rien moins
Que reconnoiſtre ainſi tes ſoins,
Quand le Dieu de la double croupe
M'inſpireroit ce que ſa trouppe,
Sa trouppe ſçait de rare & beau,
Ou qu'auec ſon diuin flambeau
Il me donneroit des lumieres
Plus hautes, & plus ſingulieres
Qu'il n'en donne à ſes fauoris,
Et qu'ainſi j'aurois entrepris
D'acquiter auec ce genie
L'obligation infinie
Que je deurois à ta bonté :
Ie te jure auec verité
Quelque ſi magnifique eſtime
Que pourroit acquerir ma rithme,
Et tous ſes eloquens appas,
Qu'ils ne pourroient ſeulement pas
Payer la façon de ta peine :
Partant, n'attends rien de ma veine,
Car pour ta gloire & ton honneur
Peu feroit ſi mauuais rimeur ;

Si ce n'eſtoit, genereux PILE,
Que ſemant en terre infertile
Quand n'y croiſtroit qu'vne chanſon
Tu ſois content de ta moiſſon.
Ainſi PILE, je te conjure
Par cette chetiue eſcriture
De t'applicquer, & promptement
A mon futur contentement.
Comme les deffaux de la Dame
Qui doit eſtre âme de mon âme
N'arreſteront point les effets
De tes charitables projets,
Ainſi pourueu qu'elle ſoit mienne
Que qualité point ne te tienne;
Qu'elle ayt vn large chapperon,
Vne calle, ou vn tortillon;
Qu'elle ſoit coiffée à la royë;
Qu'elle porte robbe de ſoyë,
Ou l'eſtamine ſur le dos,
Ou bien qu'vn ſac couure ſes os;
Qu'elle ayt deſſus ſa cheminée
Maintes armes de ſa lignée,
Qui nottent que ſes deuanciers
Ne ſont iſſus de Financiers;

C iÿ

Ou bien que le long de sa natte
Quelque portrait à bande platte,
En hausse-col, & pourpoint gris,
Figure vn bourgeois de Paris
Qui s'arme de belle liurée
Pour quelque Roy qui fait entrée :
Enfin pour te le trencher court,
Qu'elle soit ou née à la cour,
Ou dans la ville, ou en campagne ;
Qu'elle soit de France, ou d'Espagne ;
Qu'elle sorte d'vn Iuif errant,
D'vn Renegat, ou d'vn Marran ;
Mesme d'vn vendeur de marée ;
Qu'elle fasse la mijarée,
Ou la Philis, ou la Cloris ;
Ie te jure que je m'en ris
Pourueu qu'en jour de fiançeailles
On me conte de fines mailles.

   Ca donc, mets la main aux cousteaux,
Car il me semble que treteaux,
Bouteilles, & ragousts en Pile
M'inuitent à boire au grand PILE ;
Au grand PILE, au supresme autheur
D'vn incomparable bon-heur.

Iterum donc je te conjure,
(Ouurier de belle aduanture)
De mettre fin à des ennuis
D'ou sortir sans toy je ne puis;
Tu sçais que depuis dix années
I'ay tenté forces hymenées,
Qui pour nostre condition
N'auoient nulle proportion;
Qui pourtant manque de finance
Nous ont passé loing de la panse,
Ce qui pourroit auoir long cours
Sans ton charitable secours;
Car en ce temps fort peu se prise
La noblesse de Flandre, ou Frise;
Et bien que d'illec issu sois,
Et noble sois comme trois Roys,
Ie dis bien, car ayant en caue
Vin de Bourgongne, ou vin de Graue
Mes pere & mere l'ont vendu
A pot, pinte au premier venu,
Sans que jamais fermier leur aye
Demandé rien de ce qu'on paye;
Bien dis-je que pour plus d'vn quart
Ie sois paistri du sang Picart,

Et que par tout soit respenduë
Ma noble race morfonduë,
On fait bien moins de cas de moy
Que du moindre officier du Roy;
Vn jouuencel qui parcy passe,
Qui se demarche auecque grace,
Ma fille, a-t'il gousset garny?
Fille respond, Maman, n'enny,
Mais il est d'illustre famille;
Ce n'est pas vostre fait, ma fille:
Cét autre qui sent son pied plat?
Ma mere, il a force ducat;
Mais je le laisse à ma cousine;
Sotte, faittes luy bonne mine.

Mon cher PILE, voila comment
On traitte pauure, & riche amant;
Si pauure il est, & que pucelle
Sente pour luy quelque estincelle,
Tous ses tiltres sont superflus,
Meres veulent des carolus;
Bien que trois jours apres la nopce
Elles chantent la malle-bosse
D'auoir pour gendre vn officier
Que visite maint creancier,

Ou

Ou qui rogne à dame Espousée
Plus de moitié de sa fusée.
O! que lors elle voudroit bien
Que loin fust le Gendre, & le bien,
Ou Gendre auoir qui n'eust office;
Car onc ne fust plus chere espice.

Las! c'est icy que cœur me bat,
Sus donc, PILE, liure combat;
Combas pour moy de telle sorte
Que de haute lutte j'emporte
Ou jeune chair, ou vieil poisson,
Pourueu que d'Or soit l'hameçon.

Ainsi, PILE, Dieu pour ta peine
Te garde de fieure quartaine,
Et te donne de si vieux ans
Que les enfans de mes enfans
Voyant ta vieillesse chenuë,
Criënt tout haut dedans la ruë
Viuat, plus que Mathieu-Salen
Ce glorieux faiseur d'hymen.

F I N.

www.ingramcontent.com/pod-product-compliance
Lightning Source LLC
LaVergne TN
LVHW020514060726
842525LV00005B/1956